Uta Bösinger

FSC
www.fsc.org
MIX
Papier aus ver-
antwortungsvollen
Quellen
Paper from
responsible sources
FSC® C105338

DIE NEUEN LEIDEN DES ALTEN HERRN S…

Kurzgeschichten

Die Autorin:

Geboren in Villingen, wuchs Uta Bösinger im Schwarzwald auf und machte in St. Georgen Abitur. Sie studierte zunächst Germanistik und Theaterwissenschaften, versuchte sich dann im Schauspiel, war kurzfristig an der Pantomimeschule Marcel Marceaus, wechselte dann aber zum Sportstudium nach München. Heute bewirtschaftet sie mit ihrem Mann einen landwirtschaftlichen Betrieb im Nebenerwerb.
Zentrale Themen in ihrem Leben sind Sprache und Bewegung. Ihre Faszination zum Mythos Sisyphus bringt sie in unterschiedlichen Blickwinkeln durch immer neue Ansätze zum Ausdruck – mal provokant, mal hinterfragend – alles mag einem in diesen Kurzgeschichten begegnen.

Die Künstlerin:

Petra Glünkin, geboren im Markgräflerland, lebt mittlerweile in Tennenbronn und arbeitet als Kunsttherapeutin.

Inhaltsverzeichnis

Zum Geleit

»Vogel fliegt, Fisch schwimmt, Mensch läuft« ist das berühmte Zitat des Langstreckenläufers Emil Zatopek. Auch ich war lange im Langstreckensport unterwegs und fühle mich Zatopek – und ebenso mit Sisyphus – sehr verbunden.

Heute würde ich das Zitat noch erweitern: »Vogel fliegt, Fisch schwimmt, Mensch läuft und schreibt, oder schreibt, weil er läuft, oder läuft, indem er schreibt…«

Schreiben kommt dem Laufen recht nahe. Zum einen ist es ein Prozess mit vielen Abschnitten, wie ein langer Lauf, der Höhen und Tiefen aufweist. Streckenweise läuft es wie von selbst und an anderer Stelle muss man sich überwinden, kämpfen und schwitzen.

Zum anderen schlägt sich im Schreiben wie im Laufen eine Brücke zum Leben: mit der Geburt wird ein Mensch auf die Strecke gebracht und füllt bis zum Ziel seinen Lebenslauf. Der Läufer überwindet Strecke um ein Ziel zu erreichen, wobei immer die Frage im Raum steht, was wesentlicher ist: die Strecke oder das Ziel.

Es sind nur eine Handvoll Geschichten, für eine Langstreckenläuferin eher kurz und sehr konzentriert. Ich will ein paar Türen zu den eigenen Gedanken für Sie öffnen und die Lesenden auf die Strecke schicken…

Un- Menschen- Möglich

Sisyphus lebt, weil wir noch heute sehen, wie er den Fels rollt: Seine zu bewältigende Strecke ist Ritual und man kann die Uhr danach stellen, wann er welchen Abschnitt erreicht. Vormittags ist er in der Waldzone beschäftigt. Gegen elf Uhr kommt er ins Geröll. Bis fünfzehn Uhr kämpft er dort, was ihm jedes Mal Verzweiflung beschert: Der Boden bietet keinen Halt, das Vorwärtskommen ist mühselig. Sisyphus ist zusätzlich der Sonne ausgesetzt, die oft unerträglich auf ihn niederbrennt. Kaum aber hat er dieses Geröllfeld überwunden, kommt er in den Fels. Der Untergrund ist griffig und in Kürze erreicht er den Grat, wo ihn meist der Wind erfrischt.

Sisyphus ist von der Arbeit mit dem Felsbrocken gezeichnet. Wie eine Schrift zeichnet sich sein Weg in der Landschaft ab. Für jedermann erkenntlich hat sich eine Rolltrasse gebildet. Sisyphus ist reich, weil er eine ihn ausfüllende Aufgabe hat und arm, weil ihm seine Aufgabe keinen Raum für anderes gibt. Es gibt Tage, an denen er seine Arbeit mag und es gibt Tage, an denen er alles in Frage stellt.

Neuerdings kommen zur Morgenstunde immer mehr Menschen. Sie bringen ihm allerlei Leckereien und wünschen ihm viel Glück bei seinem Tagwerk.

Sie kommen und sind froh, einen gefunden zu haben, der ein noch härteres Los hat, als sie selbst. Sie brauchen ihn, um sich selbst zu bestätigen, denn solange einer ein schwereres Schicksal hat als sie selbst, hat man ja scheinbar alles richtig gemacht und muss sich nicht weiter mit sich beschäftigen. Sisyphus ist Klagemauer und Stützrad für viele unausgeglichene Lebensumstände der Menschen. Der Mann mit dem Felsbrocken ist die gerne wahrgenommene Ablenkung von den eigenen Fehlern und Unzulänglichkeiten im Leben. Der Fels ist wie eine Schneekugel im Pappschnee. Er saugt alles an Lasten auf, was ihm nur angetragen wird. Insofern ist es für viele Menschen von Interesse, Sisyphus auf seiner Spur zu halten. Am Anfang merkt Sisyphus das gar nicht. Er fühlt sich geschmeichelt wegen der Anerkennung, die ihm damit zu Teil wird. Und er fühlt sich geehrt, weil man ihn verköstigt.

Mit der Zeit werden es immer mehr Menschen. Zusätzlich zum Stein schleppt Sisyphus nun noch einen Rucksack mit auf den Berg, um die Speisen nicht zu verlieren. Je mehr die Menschen den wahren Grund ihres Besuchs vertuschen wollen, desto mehr Gaben bringen sie Sisyphus.

Er braucht immer länger für die Strecke und rastet nun auch öfter.

Er findet den Menschenauflauf lästig. Lieber wäre es ihm, in Ruhe zu starten und seinem Ritual zu folgen. Jetzt ist er so abgelenkt, so wenig in sich gekehrt. Und je mehr Menschen auftauchen, desto beschwerlicher wird ihm seine Arbeit.

Sisyphus hat seinen Fels, mit dem er hantiert und

in Austausch steht. Diese Kommunikation schätzt er sehr. Mit den Menschen verhält es sich ganz anders. Sie sind ihm unangenehm und lästig. Sie stellen Forderungen, haben Erwartungen und Ansprüche an ihn und all dies wächst zu Druck, der auf Sisyphus übergreift und ihm Kraft raubt.

Als er die Menschen loswerden will, beteuern sie: »Du brauchst uns doch. Wir versorgen dich mit Nahrung. Ohne uns schaffst du deine Arbeit doch gar nicht!«

Er wird den Verdacht nicht los, dass es ihm ohne diese Menschen besser ginge. Und er fragt sich, warum sie sich nicht abschütteln lassen.

Am nächsten Morgen wird er deutlicher und sagt, dass er bei der Arbeit nicht gestört werden will. Aber die Menschen lassen sich nicht abweisen. Einer Fliegenplage gleich bestehen, sie auf sein Wohl und entladen unbemerkt ihre Lasten.

Einer der Menschen ist gar so frech und behauptet: »Wir müssen ja auch schauen, dass du deine Aufgabe erledigst.«

Aber Sisyphus wehrt sich und beteuert, dass er auch ohne Kontrolle immer seine Aufgabe erledigt habe.

Da heißt es dann: »Wir dürfen machen, was wir wollen! Das kannst du uns nicht verbieten!« Oder: »Wir halten es für wichtig, dich zu begleiten. Wir halten es für unsere Aufgabe, dich auf die Strecke zu bringen. Es ist unsere Pflicht, darüber zu wachen, dass du den Stein rollst.«

Erneut zieht Sisyphus los, ohne etwas erreicht zu

haben. Zu längeren Diskussionen hat er keine Zeit. Er hört den Menschentross rufen: »Wenn du deine Aufgabe nicht erfüllst, wirst du bestraft, Sisyphus! Das wird übel für dich ausgehen!«

Sisyphus lässt sich nicht beirren: »Jeder muss annehmen, was ihm auferlegt ist. Mein Werk ist auch menschenmöglich. Es geht darum, sich seinem Schicksal zu stellen und sich nicht mit Betrug vom Acker zu machen. Wer so gestrickt ist, ist *Un-mensch*.«

Sisyphus hasst die Menschen, die ihn bildartig auf diesen Stein festnageln.

Vielleicht würde er ihn eines Tages einfach liegen lassen und damit dieses Bild zerstören. Vielleicht würde er eines Tages das Wagnis eingehen, die Menschheit zu enttäuschen und sich den Göttern erneut zu widersetzen.

Sisyphus will so die Macht der Bilder zerstören, sich neu erfinden und es wird dann schwer sein, ihn überhaupt noch auszumachen. Allein dieser Gedanke ist für ihn befreiend. Aber er weiß genau, dass es bei einem ›Vielleicht‹ nicht bleiben kann. Will er etwas ändern, muss er seine Position, seine Rolle und seinen Platz aufgeben, denn die Menschen werden wie Wasser den leichten Weg nehmen.

Keinen Schritt weiter

Er war Athlet, Künstler, Besessener, Liebender und vieles mehr. Er machte aus immer dem Gleichen immer etwas anderes. Die Rede ist von Sisyphus.

Schweißperlen standen auf seiner Stirn. Mit seinem Körper stemmte er sich gegen den Fels. Auf dem schweißüberströmten Körper glänzten die Muskeln. Dieser Körper war austrainiert, war Ausdruck.

Sisyphus kümmerte sich nicht um seinen Körper. Er war Mittel zum Zweck. Tagein tagaus wälzte er einen Felsbrocken auf den Gipfel eines Berges.

Anfangs wollte er sich gar nicht mit dieser Aufgabe anfreunden. Seine Beine ermüdeten. Oft rutschte er aus oder es klemmten sich Finger unter dem Fels ein und wenn es ganz übel kam, glitt er aus und verlor die Kontrolle über den Felsbrocken. Unmut und Unzufriedenheit füllten seinen Geist. Er stöhnte und fluchte, er jammerte und litt. Er verlor den Mut. Seine Gedanken blieben im Elend hängen. Alles wurde zur Last, sei es die Hitze, sei es die Kälte. Sisyphus konnte sich einfach nicht mit seiner Situation anfreunden, bis er zu kämpfen begann. Er wollte seine Situation verbessern. Von nun an sah er seine Arbeit als Herausforderung und er arrangierte sich mit ihr so gut er es konnte.

Zuerst war es sein Körper, der sich den Anforderungen anpasste. Muskulatur, Atmung und Geschick waren schnell auf die neue Aufgabe eingespielt. Somit konnte Sisyphus seine Sinne auf anderes lenken, als auf seinen Körper. Er machte sich mit seinem Felsbrocken vertraut, mit jeder Kante, jeder Vertiefung und jeder Form. Bald wusste er, wie er den Brocken am besten wälzte, welche Seite er meiden musste und er gewöhnte sich einen Rhythmus an. Schwung geben und der Fels rollte beinahe von selbst über eine Rundung und stoppte an einer abgeflachten Bruchstelle, ohne zurückzurollen. An dieser Stelle konnte sich Sisyphus bei Bedarf erholen. Wollte er durchrollen, musste er den Felsbrocken im Rollvorgang kippen.

Dann beschäftigte er sich mit dem Berg, auf den er den Fels rollte. Sobald dieser am Abend wieder hinunter gerollt war, wählte er jedes Mal eine andere Route nach unten, um den Berg auszukundschaften. Er freute sich schon auf den Zeitpunkt, wo sich der Fels von ihm löste und er leichten Fußes auf immer neuen Wegen, immer Neues entdeckte.

Tagsüber machte er sich einen Spaß daraus, seinen Fels den Berg hinauf zu bewegen. Manchmal spielte er Wettkampf. Er lag im Streit mit einem imaginären Gegner, den er mal dicht auf seinen Fersen spürte oder dem er um eine Steinlänge voraus war. Er siegte und verlor. Zu verlieren lernte er, als er eines Tages beim Überholen ausrutschte und der Stein ins Tal entglitt.

Manchmal machte er ein Geschicklichkeitsspiel aus der Aufgabe und wählte eine besonders schwierige Route, so dass er seine Kräfte, den Untergrund und den Felsbrocken gut im Griff haben musste. Behände sprang und tänzelte er um den Felsbrocken und manövrierte ihn über Felspassagen. Es sah so aus, als würde der Fels nicht mehr der Schwerkraft folgen. Manchmal war Sisyphus grob zum Felsblock und demonstrierte die Macht über ihn. Manchmal begriff er ihn wie eine Geliebte. Seine Hände entlockten dem Fels Geheimnisse und das schwerfällige Wälzen glich einem Flüstern und vorsichtigen Tasten.

Manchmal führte er Gespräche mit dem Fels, manchmal war er selbst ein Stück Fels und die Grenze zwischen den beiden war kaum mehr auszumachen.

Aber dann begann ihn all dies zu langweilen. An all seinen Errungenschaften mochte er keinen Gefallen mehr finden. Der Fels wurde schweigsam, weil in Sisyphus kein Leben mehr war. Der Fels wurde zu dem, was er war: eine träge Masse.

Es kam ein Tag, da wurde alles wieder zur quälenden Anstrengung des ersten Tages. Sisyphus fand keinen Rhythmus, kein Spiel in seiner Tätigkeit und der Weg zum Gipfel schien ihm unendlich lang. Wie sollte er das bewältigen? Immer langsamer setzte er einen Fuß vor den anderen. Immer langsamer wurden die Umdrehungen des Steines. Bis es nicht mehr vorwärts ging, sondern rückwärts.

Sisyphus folgte seiner Intuition. Er stemmte sich nicht mehr gegen den Fels. Er machte einen Schritt zur Seite und ließ ihn hinab ins Tal poltern. Toll, dachte er. *Ich habe Jahre gebraucht, um mich mit dieser Aufgabe zu arrangieren. Ich bin sogar Meister meiner Sache geworden und jetzt beraubt ihr Götter mich meiner Meisterschaft und lasst alles wieder zur Qual werden. Da mache ich nicht mit! Aus! Schluss! Ende! sagte er sich. Ich werde damit aufhören. Ich mag nicht mehr.* Er verließ den Berg und machte sich auf Wanderschaft. Zuerst blökte sein schlechtes Gewissen in ihm. »Das hättest Du nicht tun sollen, Sisyphus. Der Zorn der Götter wird dich einholen!« Er trotzte: »Sollen sie doch! Ich fürchte sie nicht! Sollen sie kommen und mich strafen, mehr als diese Strafe können sie mir eh nicht antun.«

Er fühlte sich frei. Es wuchs eine Freude in ihm, die sich in einem lauten Lachen äußerte. »Ich bin frei!« Wiederholte er. Er war der Meinung, richtig gehandelt zu haben. Furchtlos zog er los und genoss seine Bewegungsfreiheit. »Ist das nicht prima, nichts tun zu müssen?« fragte er sich. Es vergingen Tage und Wochen. Sisyphus ging seinem Hunger nach, wenn er ihn verspürte und gab dem Schlaf nach, egal zu welcher Tageszeit. Er vergaß den Berg und seinen Felsbrocken.

Eines Tages sah Sisyphus einen Hirten vorüberziehen. Mit einem Hund hatte er die ganze Herde im Griff. Er hielt sie zusammen, sorgte für die Tiere, suchte nach geeigneten Futterplätzen, wandte Gefahr ab, kannte die Tiere beim Namen. Mit scharfen Augen wachte er den ganzen Tag, stand Stunden still. Mit seinem Stab und seiner Herde und seinen ruhigen Bewegungen sah es aus, als würde er einem Ritual folgen. Sisyphus beneidete diesen Menschen um dessen Erfüllung. Aber indem er sich reckte, streckte und gähnte, wies er diese Gedanken von sich. Er richtete sich auf und vergaß und wanderte weiter.

In einer Ortschaft schaute er durch den Türspalt einer Bäckerei. Mit hochgekrempelten Ärmeln, ganz hell gekleidet, formte der Bäcker mit viel Geschick, wie in einem Tanz einen Laib Brot nach dem anderen. Mit einer Brotschaufel schob er den verarbeiteten Teig in den Ofen. Es duftete nach frischem Brot. Als hätte Sisyphus darum gebeten, gab der Bäcker dem Fremden einen Knust. Glücklich setzte Sisyphus seine Wanderung fort. Er sah Zimmermänner einen Dachstuhl aufrichten und bewunderte ihr Geschick, sich in dieser Höhe so flink zu bewegen. Jeder ihrer Handgriffe saß. Sie schafften Hand in Hand und das ging nur, weil jeder einzelne seine Aufgabe kannte. Sisyphus wanderte weiter und sah die Bauern bei der Feldarbeit. Sie setzten sich mit der Natur auseinander. Sie pflegten und kultivierten ihr Land. Sie arbeiteten mit ihren Händen in der Erde und gaben ihr, was sie aus vielen Generationen an Wissen mitbekommen hatten. Er sah Mütter sich um ihre Kinder sorgen. Er sah Hausfrauen, die sich im Haushalt zu schaffen machten. Er roch zubereitete Speisen.

Tatsächlich fühlte sich Sisyphus fremd und nicht dazugehörig. Was sich auf der Straße bewegte, schien im Gegensatz zu ihm eine Richtung und ein

Ziel zu haben. Sein Dasein begann ihn zu langweilen: »Immer auf Achse, niemals zu Hause zu sein, keine andere Aufgabe und Herausforderung zu haben als die Frage: wo schlafe ich und was esse ich, das macht mich müde und lethargisch. Ich schlafe immer mehr, esse immer mehr. Ich habe keine Form, keine Tagesform, keine Lebensform, und keinen Tagesablauf. Ich weiß nicht, wer ich bin und wozu ich bin.

Sisyphus erinnerte sich an seinen Berg, an die vielen Wege, die er kannte. Er erinnerte sich an seinen Felsbrocken. Seine Hände wurden hungrig nach dessen Form. »Ob es den Felsbrocken überhaupt noch gab? Ob er noch immer war, wie er ihn verlassen hatte oder hatten sich Kanten abgeschlagen?« Sisyphus kehrte um. Er wollte zurück. An einem Sportplatz machte er Halt. Junge Athleten übten sich dort im Rennen, im Springen und Werfen. Abgeschottet in einer Ecke wurde der Diskus geworfen. Und Sisyphus' Instinkt meldete sich: Das ist meine Aufgabe! Das kann ich besser als jeder andere. Langsam näherte er sich der Gruppe, die dort trainierte und fragte, ob er auch mal werfen dürfe. Gerne überließen die Jungen Sisyphus den Diskus und erwarteten gespannt, was dieser vorweisen konnte. Stumm wurden sie, als sie sahen, wie weit der Diskus flog, obwohl der Neuling die Technik nicht beherrschte. Im Grunde änderte sich für Sisyphus gar nichts: In hartem Training plagte er sich ohne Pause. Unablässig spulte er Schritt für Schritt seinen Körper auf ein höheres Niveau. Mit eiserner Konzentration und Konsequenz gab er alles, was in ihm steckte. All das knüpfte nahtlos an seine Vergangenheit an, wo er für seinen Hochmut den Göttern gegenüber gestraft wurde. Um aber auch hier immer besser zu werden, musste er seine Leistungspalette um ein tragisches Element erweitern. Nur mit Doping war es ihm möglich, an die Weltspitze zu gelangen. Von da an war sein Schicksal wieder einmal besiegelt. Er kam nicht raus aus der Rolle des Schlitzohrs und Betrügers. Manchmal allerdings fragte er sich, ob es nicht besser gewesen wäre, beim Stein geblieben zu sein.

Sisyphus außer Reichweite

Er staunte nicht wenig, als sein Nachtlager zu einem Treffpunkt der Jugend geworden war. Schon manches Mal war Sisyphus Unrat in seiner Schlafstätte begegnet. Nun wusste er es: Auch andere nutzten diesen geschützten Platz, nur aus völlig anderer Motivation. Während es für ihn Ruhestätte war, war es für die anderen ein Platz fernab der Zivilisation, wo stattfinden konnte, was die Gesellschaft nicht duldete. Sisyphus' Schlafplatz war zum Drogenumschlagpunkt geworden. Enttäuscht wandte er sich ab. Er wollte sich einen anderen Platz suchen. Da riefen ihn die Jungen zu sich und forderten ihn auf, an deren Gelage mit Wein und Drogen teilzunehmen. »Hey, wir kennen dich! Du bist doch der, der immer den Stein rollt. Man was nimmst denn du für Stoff, dass du so drauf bist? Probier mal unseren Stoff.« Sisyphus war es unbehaglich. Mit diesen Menschen verband ihn gar nichts, aber sie waren einnehmend: schenkten ihm gleich Wein ein, lachten und sangen, nahmen ihn in ihre Mitte. Nach einiger Zeit blühte Sisyphus regelrecht auf. Dann verabreichten sie ihm einen Drogen-Cocktail. Während die meisten mit seltsamen Blicken auf irgendeinem Trip waren, stand Sisyphus in der Normalität. Aber dann bekam er Beine wie Watte, eine Lokomotive raste mit unendlicher Geschwindigkeit aus seiner Nase. Sisyphus wurde es unheimlich und er kauerte sich nieder. Unweigerlich raste er mit der Lokomotive ins Nichts. In einem Tunnel wurde es kunterbunt. Die Farben sprangen Sisyphus an. Ein dunkles Blau bescherte ihm Gänsehaut und ließ ihn sich klein machen. Es roch nach Bootsfarbe. Dann ertrank er fast in einem weichen Gelb. Sisyphus wurde von ihm verschluckt, bekam Panik. Gelb roch wie Schweiß. Er wollte raus, konnte all dem nicht entrinnen, sondern wurde in Rot eingehüllt, das ihn zu verglühen schien. Schweißperlen standen auf seiner Stirn und rannen aus allen Poren. Es roch wie Elektrosmog. Sisyphus wollte schreien, aber da wurde er von einem glitschigen Grün angesprungen. Er geriet ins Rutschen. Wie auf einer Rodelbahn rutschte er unkontrolliert durch die Lokomotive und schlug dann auf hartem Schwarz auf, so dass er vom Aufprall zu einer Konservendose zusammenschrumpfte. Irgendwann muss er eingeschlafen sein.

Tags drauf erwachte er spät. Mühsam stieg er über die anderen, die noch weit weg waren und nichts mitbekamen. Sisyphus begann spät mit seiner Arbeit und war fast nicht in der Lage, seine Aufgabe zu erfüllen. »Das machst du nicht noch einmal!« schalt er sich, denn nun war sein Weg sehr mühsam. Wie albern war es, auf etwas einzugehen, was ihm dann sein Leben so erschwerte. Und warum halfen die anderen nicht. Das wäre eine Geste gewesen, aber die waren absolut nicht in der Lage.

Am Abend beim Abstieg wählte er eine andere Route, aber die Jungen passten ihn ab: »Komm mit uns, mach Party! Chill mal Alter! Was rennst Du auch immer diesem Stein nach! Das ist uncool!«

Von da an landete Sisyphus wieder und wieder in seiner alten Schlafstätte und konsumierte Rauschmittel, bis sich seine Wahrnehmung zu utopischen Bildern verformte. Zum Beispiel erhielt er von den Göttern eine neue Strafe. Mit Handy war er in einen Liegestuhl verbannt. Dort musste er tagein tagaus verharren. Zunächst lachte er schallend: Das sollte eine Strafe sein? Wie eine verschluckte Murmel sauste Sisyphus durch sein Inneres. Die Struktur seines Gehirns deformierte sich zu einem verknoteten Wollkneul. Es wurde schlecht mit Sauerstoff versorgt. Als Folge davon konnten auch nicht mehr alle Areale angesteuert werden. Das Zentrum für Motorik verhungerte regelrecht. Sisyphus war nicht mehr in der Lage, seinen Gang zu koordinieren, sein Gehirn konnte die Beine nicht mehr ansteuern. Sein Blickfeld schränkte sich stark ein. Seine Augen konnten sich nicht mehr umstellen. Von der Wahrnehmung aus der Nähe gelang es ihm nicht mehr, in die Ferne zu schauen. Sisyphus war zwar auf seinen Liegestuhl fixiert, aber mittels des Handys war er nie da, wo er wirklich war. Ort, Raum und Zeit waren keine konstanten Größen. Schwindelanfälle begleiteten ihn. Er hatte nichts mehr, das ihn begrenzte. Seine Selbstbezogenheit wurde grenzenlos und wuchs bis zur Ohnmacht. Schließlich verschwanden seine Worte. Er war unfähig sich verbal auszudrücken. Er wollte um Hilfe rufen, aber es ging nicht mehr. Sisyphus wurde zum Verneiner seiner Grundeigenschaften und Grundbedürfnisse. Was blieb, war ein Häufchen Asche auf einem Liegestuhl.

Am Tag darauf brach er seine Arbeit kurz vor dem Gipfel ab. Es schien ihm alles so nutzlos, was er tat. Viel bereichernder war es, nach gelockertem Bewusstsein auf utopische Reisen zu gehen. Götter hin oder her. Stein hin oder her. Sisyphus blieb fortan bei den Jungen. Aber der Stein war wie ein Gummiband und zog Sisyphus wieder und wieder an sich. Noch immer ging er jeden Morgen los, um seinen Stein zu wälzen. Auch das neue Leben mischte sich ein und fragte ihn, warum er so eintönig lebe und sich so plage?

Der Spagat zwischen beiden Welten wurde immer größer. Schweißtreibende Arbeit in einer Art Askese und Meditation stand gegen Geselligkeit, ein Gefühl der Freiheit und des Rausches. Zwei so konträre Lebensweisen überforderten Sisyphus' Kräftehaushalt. Wochenlang rang und kämpfte er mit sich. Wochenlang wusste er nicht, welches sein Leben war. Wochenlang raffte er sich auf und zog mit dem Stein los, doch die Strecke, die er bewältigte, würde immer kürzer. Schließlich ging er gar nicht mehr los.

Diesen inneren Kampf des wachen Bewusstseins gab er auf. Es war ihm angenehm, sich zu verlieren, sich weit weg zu katapultieren und sich den Mächten der Drogen auszuliefern, um nur nicht mehr klar denken zu müssen. Er wurde passiv und verlor sich selbst. Dennoch war er der Meinung, Herr der Lage zu sein und den Stein gegen die Drogen und die Drogen gegen den Stein jederzeit nach Belieben tauschen zu können.

Bald wurde Geld das neue Thema seines Lebens: Geld war wichtig, um Drogen zu beschaffen und seine Sucht zu befriedigen. Er musste den Berg verlassen, um dahin zu gelangen, wo Umsatz gemacht, wo gehandelt und Geschäfte abgewickelt wurden – kurz wo Menschen waren. Da es aber viel zu langwierig war, Geld ehrlich zu verdienen, begann Sisyphus zu stehlen und mit Drogen zu dealen.

Der einst so muskulöse und stählerne Sisyphus war nach Monaten bereits abgewrackt. Niemand von den Jungen hatte einen Plan oder ein Lebensziel. Es wurden immer weniger, die sich um das Geld kümmerten und so kam es zu Streitereien. Allesamt waren sie nicht mehr als Haut und Knochen. Unterernährt, ungepflegt, mit leerem Blick lagen sie antriebslos im Wald. Sie waren zu Sklaven ihrer Sucht geworden, gefangen im Drogendasein schränkte sich ihr Blickfeld völlig ein. Zu eigenständigem Denken und Handeln waren sie nicht mehr in der Lage. Sisyphus hatte sich unversehens einen neuen schicksalhaften Stein erschaffen. Sein alter wucherte indess mit Gestrüpp zu, verlor seine Form und verschwand zusehens in der Vegetation. Genau so würde es auch Sisyphus ergehen, wenn er so weitermachte.

Er suchte nach einem richtigen Freund. Er wollte ihn um Rat fragen wegen seiner ihm ausweglos erscheinenden Situation. Er suchte täglich nach diesem Freund und konnte ihn nie finden. Von seinem Umfeld wurde er ausgenutzt. Es ging immer nur um eins: Drogen und um das Geld, sie zu beschaffen.

Sisyphus war außer Reichweite. Er hatte sich selbst verloren.

Sisyfußeln

Jeden Morgen kommen Schaulustige, Wissbegierige und Neugierige,
um sich zu vergewissern, ob Sisyphus seinen Stein
noch immer rollt.

Sie warten darauf, dass Sisyphus vielleicht einmal
scheitern würde, vielleicht sogar unter den Stein gerät. Das wäre spektakulär! Und diese Hoffnung treibt
sie immer wieder zum Berg. Spätestens am Abend
wird die Schaulust gestillt werden, denn dann wird
der Stein ins Tal rollen und sein Schicksal besiegeln.

Die Wissbegierigen kommen und wollen wissen,
wie Sisyphus es anstellt, nicht zu ermüden, warum
dieser Mensch kein Burnout bekommt. Inzwischen
rennen schon Horden von Forschern neben ihm
her, nehmen Blutwerte und versuchen mit Sisyphus
zu sprechen, aber der spricht nicht, er arbeitet. Und
so verfolgen sie ihn nicht lange, sobald sie merken,
dass die Ausbeute zu gering ist, kehren sie um.

Die Neugierigen kommen und wollen wissen,
wieso er denn immer diesen Stein rollt. Je mehr sie
zuschauen, desto weniger verstehen sie ihn.

Ein findiger Geschäftsmann gründet die *Sisyphus Company.* Mit einem Zaun grenzt er den Berg
ab, damit Sisyphus bei seiner Arbeit nicht gestört
wird. Eine sinnvolle Einrichtung, mit der sich or-
dentlich Geld verdienen lässt, denn die *Sisyphus*

Company verlangt natürlich satte Eintrittspreise.

Jeden Tag arbeitet sich Sisyphus mühsam empor. Jeder Schritt bedeutet Fortschritt und zählt mehr, weil jeder Schritt unter Last stattfindet. Sisyphus überwindet sein Schicksal und befreit sich von seinem einst gelebten und geliebten Leben, lässt all das los, an dem er hängt. Mit jedem Schritt überwindet er ein Stück seiner selbst. Sinnbildlich rollt er das alte Leben in versteinerter Form vor sich her. Er gewinnt Höhe, damit erweitert jeder Schritt den Horizont. Der Aufstieg beginnt am Morgen und endet am Abend. Wenn die Sonne im Zenit steht, hat Sisyphus seine geistige Höhe erreicht. Es ist ein Geschenk der Götter, dass er diese bis zum Berggipfel auskosten darf. Mit dem weiteren Aufstieg kommt noch Übersicht hinzu. Auf dem Gipfel kann er eine bedeutsame Sicht genießen. Er bewegt sich auf einen genialen Moment zu. Diese Sicht, gepaart mit geistiger Höhe, gibt Sisyphus die Möglichkeit, sich völlig losgelöst von allem im Leben zu erfahren. Der Stein löst sich, eine Last fällt ab. Einen Moment ist Sisyphus schwerelos. Die Götter haben ihm ein Feierabendbänkchen auf dem Gipfel eingerichtet. Beim Platznehmen darauf, ist ein kosmischer Augenblick erreicht. Indem Sisyphus in völliger Losgelassenheit dort Platz nimmt, erfolgt ein kurzes *Allsein,* eine *Weltumarmung.*

Kurz darauf setzt die Dämmerung ein. Sisyphus ist seiner geistigen Höhe beraubt und sucht wieder nach seiner Herkunft. Er muss dem Stein nach. Er wird ihn wieder den Berg hinauf wälzen, bis zum geliebten Feierabendbänkchen.

Nur ein einziges Mal ruft Sisyphus über den Zaun: »Es hat keinen Zweck zuzuschauen. Ihr müsst Euch allesamt auf Euren Weg machen.«

Die Sisyphus Company eröffnet darauf einen Sisyphus-Übungshang mit Übungsrollbahnen verschiedener Länge und Schwierigkeit und Steinen in unterschiedlichen Größen und Formen, natürlich auch gegen Gebühr.

Die Schaulustigen bleiben am Zaun, denn ihre Blicke wollen einzig gesättigt sein und etwas Bemerkenswertes erhaschen, was nicht möglich wäre, würden sie selbst den Fels rollen.

Die Wissbegierigen testen und trainieren viel.

Am häufigsten sieht man die Neugierigen am Übungshang. Sie üben immer neue Rollvarianten ein und stehen ab und an im Wettkampf mit Sisyphus. Es entsteht eine neue Volkssportart: Sisyfußeln wird sie von der Sisyphus Company genannt. Jeder rollt Steine, wann und wo auch immer.

Fünf Buchstaben

Wie ferngesteuert bewegen sich zwei Gestalten aus unterschiedlichen Richtungen aufeinander zu. Der eine trägt ein Kreuz auf dem Rücken, der andere wälzt einen Felsbrocken vor sich her. Im Gasthaus ›Löwen‹ treffen sie sich, legen ihre Requisiten ab, setzen sich an einen Tisch im Biergarten und gönnen sich ein Radler. Eine Weile schweigen sie, schauen sich um, genießen das Bier und blühen auf. Aus einer Intuition heraus beschließen sie, sich ein Rennen zu liefern. Wer wird wohl schneller den Löwenberg hinaufkommen? Der mit dem Kreuz auf dem Rücken oder der mit dem Stein?

Der mit dem Stein hat jahrelanges Training hinter sich, wälzt jahrein, jahraus den Felsbrocken einen Berg hinauf. Niemand auf Erden wird jemals einen Fels besser vorwärts bewegen als Sisyphus.

Und der mit dem Kreuz ist geboren, Leid auf sich zu nehmen, Lasten für andere zu schleppen und indem er sie auf sich nimmt, sich und andere zu befreien. Zusätzlich vermag er Wunder zu vollbringen, zu heilen und zu verwandeln. Niemand auf Erden wird jemals mehr auf sich nehmen als Jesus.

Wer also sollte dieses Rennen gewinnen? Jesus ahnt, dass dieses Vorhaben Wellen schlagen wird.

Als die Sonne im Zenit steht, begeben sie sich an den

Fuß des Löwenbergs, um sich eine Trasse zu suchen. Während sich die beiden einen Weg mitten durch die Kuhherde suchen und den Streckenverlauf diskutieren, sammeln sich immer mehr Dorfbewohner.

Es kommen Wissbegierige, die gerne wissen wollen, wer diese zwei Menschen sind. Es kommen Schaulustige, die eine Sensation wittern und dann sagen können: Wir waren dabei. Es kommen Reporter, die eine Titelseite machen wollen. Und es kommen viele Kinder, die gespannt sind und Spaß haben wollen. Die wenigsten allerdings wissen die zwei Fremden einzuordnen.

Inzwischen zeichnet sich ab, dass Sisyphus und Jesus so gar nicht starten können. Der Pulk der Menschen würde beide nur behindern. Das öffentliche Interesse ist so groß, dass es schwer ist, sich aus dem Staub zu machen.

Ein kleiner Junge rennt zum Ortsvorsteher: »Schnell! Schnell! Du musst kommen! Am Löwenberg findet ein Wettkampf statt! Da sind zwei Berühmte, glaub ich!« Der Ortsvorsteher, ein Kinderfreund und immer auf der Suche nach etwas Außergewöhnlichem, folgt dem Jungen. Am Löwenberg traut er seinen Augen nicht: Was soll das? Aber da steht bereits das Dollarzeichen in seinen Augen: Mitmachen und Profit daraus schlagen ist seine Idee. Es ist alles erlaubt, denkt er bei sich.

Die Menschenmasse wächst stetig und folgt ihren eigenen Gesetzen. Die meisten wissen gar nicht, was eigentlich los ist und sind nur dabei, weil die anderen dabei sind und eigentlich ist es auch gleich wer die beiden sind, Hauptsache man hat etwas, um seinen Alltag weit weg zu katapultieren.

Da tritt der Ortsvorsteher auf das aufsehenerregende Gespann zu: »Ich heiße euch herzlich willkommen in unserer Gemeinde. Wir fassen es als große Ehre auf, dass ihr hier einen Vergleichskampf austragen wollt und sind euch dabei gerne behilflich. Aber auch ihr könnt uns helfen, indem ihr euren Wettkampf öffentlich austragt. Dazu müssten wir das Event um einige Tage verschieben und groß ankündigen. So könnte das eine Angelegenheit großen Interesses werden; mindestens einen Tag lang würden in unserer Gemeinde die Kassen klingeln.«

Jesus und Sisyphus erschrecken sich an dieser Idee: Man will sie als Sensation zum Geldmachen. Welch Frevel!

Und dennoch willigen sie ein, weil ihnen ihr Instinkt sagt: Vielleicht ist das eine Chance für Alle! Es könnte ein symbolischer letzter Gang werden, indem sich Jesus und Sisyphus nach vollbrachter Tat ihrer Lasten entledigen würden. Das wäre für die Menschheit ein Akt großer Tragweite.

In der nahegelegenen Wirtschaft Löwen logieren sie auf Kosten des Dorfes und schmieden einen Plan. Freilich für jeden ein Doppelzimmer, damit auch das Kreuz und der Stein bestens versorgt sind. Auf großen Plakaten in der Umgebung ist zu lesen:

Das Event des Jahrhunderts
Sisyphus meets Jesus
Samstag 19 Uhr | Am Löwenberg

Die Kuhweide wird zur Arena umfunktioniert. Zwei Trassen mit Slalomstangen sind bereitgestellt. Das würde eine großartige Veranstaltung werden. Jesus und Sisyphus nutzen das eine Zimmer für ihre Requisiten und das andere für sich. Sie wollen sich austauschen. Alsbald kursiert im Dorf das Gerücht Jesus und Sisyphus seien schwul, ausgeplaudert vom absolut seriösen Zimmerservice des Hotels.

Aber das ist den Beiden nicht mehr als ein Achselzucken wert. Weit Bedeutenderes gibt es zu bereden. Zunächst konfrontieren sie sich mit der Frage, ob sie sich nochmals einer solchen Strapaze ausliefern würden. Sisyphus fragt Jesus, ob er sich nochmals das Kreuz aufladen lassen würde und Jesus will wissen, ob Sisyphus nochmals den Fels rollen würde?

Sisyphus verweist darauf, dass es heute nicht mehr darum ginge, einen Fels zu rollen. Vielleicht sei es nie darum gegangen, fragt er sich. Er, Sisyphus, stehe dafür, etwas auf sich zu nehmen, sich zu überwinden, zu motivieren und durchzuhalten. Der Stein, so Sisyphus, sei ihm als Konsequenz seines Handelns auferlegt worden. »Der Stein ist das Konzentrat meines Lebens. Und da ich mein Leben mit jeder Faser liebe und dafür einstehe, was auch immer ich getan habe, nehme ich diesen Stein an, akzeptiere ihn aus Liebe zu allem, was ich tat, aus Liebe zu mir. Aber ich finde, es wäre ein Wandel angesagt. Nichts währt ewig. Auch eine Strafe ist irgendwann abgegolten.«

Jesus antwortet: »Unweigerlich kommt die Frage

auf, warum wir in der Lage waren, all das auf uns zu nehmen. Die Antwort ist: aus bedingungsloser Liebe zu unserer Berufung. Liebe lässt unsere Leidensfähigkeit so weit wachsen, dass wir unser Schicksal tragen können. An dieser Stelle sind wir Brüder. Ich sehe meinen Lebensweg als richtig an, was nicht heißt, dass ich es heute wieder so machen würde.

Liebe, was ist das? Es sind nur fünf Buchstaben. So Viele reden davon, wie von einem Auto oder einem anderen Gegenstand. Liebe aber ist doch so verschieden erfahrbar. Liebe lässt andocken an die Ur-Kraft, lässt dich zur rechten Zeit das Richtige machen. Liebe ist eigentlich unbeschreiblich, nur erfahrbar. Im Leben der Menschen sollte die Liebe an erster Stelle stehen. Ich verstehe mich als Werkzeug Gott-Vaters, der undefiniert ist. Du, Sisyphus unterstehst einem Götterhimmel, der an die Menschen erinnert: mit Gelagen, Liebschaften, Intrigen und Strafen. Du bist aus einer Strafe heraus gewachsen und zum Mythos geworden. Ich hingegen habe das Kreuz von Menschenhand auferlegt bekommen und Gottvater half mir, es zu tragen. Darin unterscheiden wir uns. Aber wir beide haben das Potenzial, das menschliche Denken und Handeln zu bewegen und zu speisen. Wie ich sagte, lässt Liebe dich zur rechten Zeit das rechte tun. Heute sind wir schicksalshaft am Löwenberg zusammen gekommen und haben das Interesse der Menschen geweckt –« Sisyphus fällt ins Wort, »Ja und der Ortsvorsteher will uns als Goldesel. Lassen wir uns nun auch noch vermarkten? Sollen wir auf ewig den Stein rollen und das Kreuz tragen? Wir sind wie versteinert, vielleicht sollten wir uns lösen?« Jesus, der gerade auf die sehr belebte Straße vor dem Löwen blickt, wendet sich Sisyphus zwinkernd zu und sagt: »Das wäre dann wirklich das Ultra-Mega-Hyper-Event des Jahrhunderts. Stell dir das mal vor: Jesus wirft sein Kreuz ab und Sisyphus entledigt sich seines Steins.« Beide klatschen vor Aufregung in die Hände. Jesus schließt: »Es war die Liebe, die uns diese Lasten tragen ließ und es ist die Liebe, die uns nun diese Lasten abgeben lässt.«

Sisyphus erfreut sich: »Lasten abzugeben und zu verteilen ist angesagt. Lass uns gleich anfangen. Ich trage dein Kreuz und du nimmst meinen Stein!« »Ich bin in der Laune, die Menschen zu testen. Gehen wir und schauen, ob sie bereit sind, ein neues Zeitalter zu beginnen.« schließt Jesus seinen Gedankengang.

Am Samstag gegen 18 Uhr machen sich beide auf den Weg zum Start am Löwenberg. Von den friedlich grasenden Kühen ist keine Spur mehr. Durch einen Lautsprecher erschallen ihre Namen. »Und hier, meine Damen und Herren, erwartet sie das Rennen des Jahrhunderts. Jesus und Sisyphus werden sich einen Vergleichskampf liefern. Das wird einmalig!« Im Inneren seines Herzens glaubt der Moderator seine eigenen Worte kaum, aber für Geld konnten schon mal Tote auferstehen!

»Der Countdown läuft!« Erschallt es aus dem Lautsprecher: »Zehn – neun – acht – sieben – sechs – fünf

– vier – drei – zwei – eins – START! Meine Damen und Herren, das Rennen des Jahrhunderts hat soeben begonnen!« Jesus und Sisyphus begeben sich aus der Startposition ins Rennen. Lediglich einige Kinder bemerken den Tausch: »Der Kleinere hatte doch den Stein und trägt jetzt das Kreuz?« wundern sie sich.

Sisyphus gerät ins Straucheln, stolpert und fällt zu Boden. Er wundert sich über sich selbst: Eigentlich müsste er das mit Leichtigkeit schaffen. Jesus hingegen bringt sichtlich enorme Kraft auf, um den Fels vorwärts zu bewegen, aber es gelingt ihm nicht. Der Druck der Zuschauer lastet auf beiden.

Keiner von Beiden erreicht nach Minuten auch nur annähernd eine Slalomstange. Aus dem Lautsprecher ertönt es: »Das sind Anfangsschwierigkeiten. Beide Athleten sind ja schon lange nicht mehr im Training!« Hilflos blicken sie drein und pausieren. Ihre Blicke kreuzen sich. Sisyphus erkennt in Jesu Augen eine triumphierende Ruhe. Aus dem Lautsprecher ist nur mehr ein Knacken zu vernehmen. Auf den teuer erworbenen Rängen macht sich Unmut breit. Alsbald entsteht ein Tumult und schon schreit einer: »Das ist ja Betrug! Ihr seid gar nicht Sisyphus und Jesus. Ihr seid ganz normale Menschen! Das ist Geldmacherei! Wir wollen unser Geld zurück!«

Alle grölen und schreien ihren Frust heraus. Für Viele ist das ein geeignetes Ventil, sich abzureagieren, für Frust bei der Arbeit, Stress und Unzufriedenheit, eine gescheiterte Ehe und vieles mehr. Schon fliegen Flaschen und Steine und auf den Zuschauerrängen kommt es zu Handgreiflichkeiten.

Ein großer Tumult entsteht. Die kurzfristig organisierte Security geht unter.

Jesus schaltet sich ein. In seinem Zorn nimmt er Sisyphus' Fels und schleudert ihn so hoch in die Luft, dass der Boden beim Aufprall zu beben beginnt. Dann erhebt er sich selbst in die Lüfte und schwebt über der Masse, die von dieser Aktion erstarrt. Ein Kind ruft: »Das ist ja wie bei Helene Fischer!« In Regungslosigkeit verharren alle in Totenstille. Jesus spricht: »Ihr wollt diesen letzten Weg nicht mit uns gehen, der die Befreiung gewesen wäre! Wir beide sind auf Erden gekommen und haben am Fuß des Berges unsere Lasten getauscht, um uns auf dem Gipfel endlich des Kreuzes und des Steins zu entledigen. Diesen Akt aber habt ihr nicht verstanden. Wenn Sisyphus, der von den Göttern wegen seines Hochmuts gestraft wurde, das Kreuz Jesu trägt, und Jesus, der Sohn Gottes nicht nur die Sünden der Menschen auf sich nimmt, sondern auch den Weg des Sünders am eigenen Leib erfährt, wäre das ein großer Schritt gewesen. Euer Verlangen nach Sensation, euer Hang zum Konsum und eure Ungeduld haben gezeigt, dass ihr gar nich befreit werden wollt. Der Mensch ist und bleibt sein eigenes Kreuz und sein eigener Stein. Das haben Sisyphus und Jesus heute verstanden und es wird nicht gut zugehen auf Erden. Das können wir euch prophezeien. So wie wir, wird auch die Erde euer Handeln quittieren. ›Es ist alles erlaubt‹, ist die Devise irdischen Handelns. Es ist in Vergessenheit geraten, dass es auch Konsequenzen und Grenzen gibt, was sich am menschlichen Körper schneller abzeichnet und beim Handeln in der Natur schneller offenbar wird, aber ihr seid ja in klimatisierte Räume und Fahrzeuge eingepfercht und seid erblindet! Euch ist großteils die Fähigkeit zur Liebe abhanden gekommen!«

Das sind die letzten Worte, ehe sich Sisyphus und Jesus in Luft auflösen und die Menschheit verwirrt zurücklassen.

Die Schaulustigen sind nicht auf ihre Kosten gekommen. Gut, der in die Luft geworfene Fels, aber das ist ja wenig. Die Wissbegierigen haben einiges an Stoff, den sie verarbeiten können: Sollen Jesus und Sisyphus aktualisiert werden? Was ist das für eine Botschaft?

Die Presse hängt gänzlich in der Luft: Knaller oder Flop? Sollte über dieses Ereignis überhaupt berichtet werden? Für die Wissenschaftler war einzig die Frage zu lösen, wie Jesus schweben konnte und wie die Beiden verschwunden sind.

Die in Wut geratene Menschenmasse löst sich langsam auf. Kleine Grüppchen bilden sich. Manche verlassen enttäuscht den Schauplatz der geplatzten Vorführung. Andere stehen wie vor den Kopf gestoßen da: Was war das? Hat das wirklich stattgefunden oder war das alles ein Traum?

Die Kinder aber sind glücklich.

Sisyphus, Sisypha, Sisymat

Sisyphus Muskeln glänzten vom Schweiß in der Sonne. Durch das intensive Training war sein ganzer Körper mit einem Adernetzwerk überzogen. Sein Bizeps hatte enormen Umfang. Auch seine Beinmuskulatur war stark ausgeprägt. Überhaupt war er von Kopf bis Fuß durchtrainiert. Das war der Nebeneffekt seiner Strafe, die darin bestand, einen Felsbrocken unaufhörlich einen Berg hinauf wälzen zu müssen, der sich, kaum war der Gipfel erreicht, löste und wieder ins Tal rollte.

Viele Menschen wären stolz auf so einen Körper gewesen. Das wäre eine gute Voraussetzung für eine Karriere als Personal Trainer, als Fitnessguru, Hauptdarsteller in Actionfilmen, als Model – kurz, so ein Körper würde Aufsehen erregen.

Aber Sisyphus registrierte das gar nicht. Ihm war diese Strafe zu männlich, seine Muskeln schienen ihm zu groß. Er wäre gerne weicher, zarter, weniger behaart. Er würde sich gerne eleganter bewegen, mehr Zeit mit Körperpflege verbringen. Sisyphus wollte glatte Beine haben, enthaart und gepflegt, lange Haare tragen, sich frisieren und Lippenstift auftragen, die Nägel lackieren. Am liebsten hätte er einen weiblichen Körper mit Rundungen, würde sich figurbetont kleiden und Handtaschen tragen.

Sein Fels war die Ausgeburt des Männlichen. Er musste hart und zäh sein um dieser Verurteilung nachzukommen. Niemals hatte er Zeit, sich zu inszenieren, seine Bewegungsfreude auszukosten, gar zu tanzen. Er war ja immer an den Fels gebunden. Oft trat Sisyphus in Zwiesprache mit dem Fels: »Was würdest du mir raten, wenn du es könntest? Würdest du vor Unverständnis den Kopf schütteln, mich gar verspotten oder hättest du Verständnis? Ich frage mich selbst: kann man sein Geschlecht wechseln wollen und normal sein? Ich habe allerdings das Gefühl, dass für mich alles normaler wird, wenn ich Sisypha werde. Ich bin, was ich fühle. Dagegen komme ich nicht an, auch wenn alles andere leichter scheint. Ich hadere hier alleine mit mir, wie mag es einem Mann mit meinem Vorhaben ergehen, der eine Familie hat. Für die Kinder ist der Mann der Papa, wird dann ein Übergangswesen und ist schließlich Frau, also Mama. Dann ist die neue Sie eine MaPa! Vielleicht verkraftet das die Familie oder es bricht alles aus den Fugen. Und wie wird das Arbeitsumfeld reagieren? Da habe ich es ja leicht. Am leichtesten hast du es, du Fels: du bist nicht Mann und nicht Frau und willst nie etwas anderes sein als du bist.«

Der Fels blieb stumm. Die Natur blieb Sisyphus die Antwort schuldig. Die Welt war so groß und steckte voller Möglichkeiten und war voller verschiedener Menschen und doch kam er sich völlig allein gelassen vor.

Sisyphus war zweigeteilt: Tagsüber war er Mann und abends verwandelte er sich in eine Frau. Als

Sisypha tippelte ersie den Berg hinab. Der Tag war voller Testosteron. Erst am Abend durfte er weicher werden und weiblicher. Der Stein band ihn an die Realität. Der Abend löste die Grenzen auf und gab Platz für Phantasie.

Sisyphus fragte sich oft: »Wieso willst du schwach werden, wenn du doch so stark bist?« Und gleichzeitig registrierte er, wie schwach ihn diese Arbeit machte. Immer hart am Limit zu kämpfen war für ihn schwach. Stark war es, selbstbestimmt zu leben, sich selbst zu verkörpern.

Er steckte in einer falschen Hülle. Am liebsten würde er sich wie eine Schlange häuten.

»Ich spüre den Widerstand, der mir entgegenkommt, wenn ich aus meiner Rolle falle. Ich spüre, wie mir Wut darüber entgegenschlägt, dass ich alles durcheinander bringe, indem ich nicht Mann sein will, obwohl ich in einem männlichen Körper geboren bin.«

Sisyphus spürte den Kraftakt, den er aufbringen müsste, wenn er seinen Platz aufgeben würde, um Sisypha zu werden.

Aber genau das wollte er um jeden Preis!

Und der Preis war hoch, denn Sisyphus scheute nicht einmal chirurgische Eingriffe, die die Krankenkasse billigte, nachdem in vielen ärztlichen Gutachten herausgearbeitet worden war, dass Sisyphus Gefahr laufe psychisch Schaden zu nehmen, würde man ihm die Transformation zu Sisypha nicht gewähren.

Alles war in die Wege geleitet. Der OP-Termin für die Geschlechtsanpassung stand bereits fest und ein weiterer Behandlungsplan mit Hormongaben zur Ausbildung der Weiblichkeit existierte auch schon: Dann wäre endlich Schluss damit, den Stein zu wälzen. Sisypha wäre maximal im engen Turnhöschen mit einem Gymnastikball anzutreffen! Von da an scheute sich Sisyphus nicht, seine Arbeit als Sisypha zu verrichten. Die Haare waren zusammengebunden und das Lebensgefühl gänzlich anders.

Für Zeus war es an der Zeit, nach dem Rechten zu sehen. Innerlich konnte er sich mit Sisyphus' Vorhaben gar nicht anfreunden. Er stand unter Zugzwang. Hier war seine persönliche Meinung nicht gefragt. Hier ging es um eine Entscheidung, die die Menschenrechte und Persönlichkeitsentfaltung berührte und sich weltweit auswirkte. Zudem wusste er zu gut, dass Sisyphus, hatte er sich einmal etwas in den Kopf gesetzt, Wege und Mittel fand, sein Ziel zu erreichen. Also äußerte er: »Obgleich es mich befremdet und mir das Vermögen fehlt, mich in dich hineinzuversetzen, so war ich doch oft genug selbst in Nöten, um nachzuvollziehen, dass du dich in einer Notlage befindest. Ich habe Nachsehen mit dir. Wer aber wird dann deinen Stein wälzen?

Diese Arbeit ist unerlässlich und für die Menschen von größter Bedeutung. Ohne diesen Stein wird die Menschheit in einen Taumel der Nutzlosigkeit fallen. Man wird sich fragen, was sollen wir alltäglich unser Joch auf uns nehmen, wenn doch Sisyphus aufgegeben hat? Wozu Anstrengung, wenn Sisyphus seinen Stein liegen lässt und lautstark proklamiert: lasst ab, es geht auch ohne Mühsal? All jene Prozesse, die dem Menschen etwas abverlangen, um etwas zu verwirklichen, ein Ziel zu erreichen, zerfallen. Und überdies würde der Grund deines Verschwindens dafür sorgen, dass keiner mehr weiß, was er ist, was er sein soll oder sein will: Mann oder Frau. Ich fürchte, die Menschen werden dann Geschlechts-Chamäleons. Wer außer dir ist in der Lage, das menschliche Gefüge aufrecht zu erhalten?«

Sisypha erschrak über die Tragweite ihres Vorhabens ebenso wie die Bedeutung ihrer Strafe. Einen Stellvertreter allerdings wusste sie noch weniger zu benennen als Zeus. Dieser schlug die Hände über dem Kopf zusammen: »Wo soll ich auf die Schnelle Ersatz herbekommen? Es wird mir langsam zu bunt, mit Unzuverlässigkeiten zu hantieren. Ständig muss ich irgendwo Ausgleich leisten. Erst gestern musste ich den Erdball tragen, da Atlas ausfiel. Und jetzt das! Deine Arbeit kann ich nicht leisten. Ich muss ja auch meine Aufgaben erfüllen. Beides geht nicht!

Sisypha war stark bewegt: Sie verstand nicht, warum Zeus auf Biegen und Brechen alles beim Alten halten wollte. Warum sollte Sisyphus nicht einfach und für jeden erkenntlich zu Sisypha werden und ihre Arbeit quittieren. Es könnte etwas Neues entstehen. Die Menschheit würde sich neu organisieren. Sisypha aber wusste zu gut, dass sie Zeus zufriedenstellen musste, andernfalls ließ er sie gar nicht ziehen. In einem Geistesblitz entgegnete Sisypha: »Da muss ein Automat her, der liefert die gewünschte Zuverlässigkeit und Souveränität!«

»Bevor alles aus den Fugen gerät, wäre das tatsächlich einen Versuch wert.« bestätigte Zeus die Idee und suchte nach Möglichkeiten, einen Ersatz zu schaffen. Eiligst wandte er sich an Hephaistos, um mit ihm in dessen Schmiede einen Sisymat herzustellen. Tagelang hämmerten und schmiedeten sie unablässig an der Figur. Zeus schwärmte für das Werk. Er verbrachte Stunden in der Werkstatt und betrachtete, befühlte und bewunderte den in der Entstehung befindlichen Sisymat. Er stellte sich vor, wie der Roboter seine Aufgabe erfüllte und damit alles wieder in gewohnte Bahnen kam. Er verstieg sich in Träumereien: Er würde dann serienmäßig in Produktion gehen und damit seinen Abdruck in die Welt setzen. Hephaistos war es, der den übermütigen Göttervater ausbremste: »Sei vorsichtig, Zeus, mit dem Sisymat wirfst du alles aus der Bahn, bringst Ethik und Moral ins Wanken, überforderst den Menschen, der irgendwann nicht mehr seinesgleichen von einem Automaten trennen kann. Der Sisymat soll Sisypha, von den Menschen unbemerkt, ersetzen. Das ist unser Ziel und dabei würde ich es belassen.« Zeus gab Hephaistos zwar recht, aber verlor den Stolz über sein Werk nicht. Schließlich stand der Sisymat formvollendet in Hephaistos' Werkstatt. Damit er menschlich würde, musste Zeus auf Erden ein menschliches Kleidungsstück holen, um den Sisymat damit zu berühren und funktionsfähig zu machen.

Dort fand Zeus Wohnblocks ohne Erdreich aneinandergereiht. Überall Beton! Überall große Gebäudekomplexe! Menschen in selbstfahrenden Autos! Der Göttervater konnte etliche Unfälle registrieren, wobei Menschen auf der Straße geplättet wurden wie Frösche. »Hier haben die Roboter längst Einzug erhalten und sind dabei sich auszubreiten«, stellte er fest. Des Weiteren sah er Männer in Röcken und Frauen in Anzügen. Sie waren geschlechtlich nicht mehr zu unterscheiden. Führte die Gleichstellung der Geschlechter zur Auflösung der Pole: Mann und Frau? Was sollte da herauskommen fragte sich Zeus: *Maskulina?*

Banken, Kliniken für Geschlechtsanpassungen, Kinderwunschpraxen, Industrie für synthetische Nahrungsherstellung säumten Zeus' Weg. Sogar Kühlhäuser beherbergten Tote, die die Menschheit zu einem späteren Zeitpunkt wiedererwecken wollte. Nach Belieben schien der Mensch in die Biologie und Natur der Dinge einzugreifen. Es schien ihm, als spielten die Menschen selbst ein bisschen Gott. »Geschieht dies aus Langeweile,« fragte sich der Göttervater. Müssten die Menschen noch mit bloßen Händen um ihre nackte Existenz kämpfen, wären sie gar nicht in der Lage, Roboter zu bauen oder über ihr Geschlecht nachzudenken. »Nun will sich der Mensch über alles erheben sogar über den Tod und mir scheint er wird überheblich.« Ein großes Plakat zeigte einen Menschen, der keinen Magen mehr hatte, sondern nur noch eine Klappe, die geöffnet, eine Öse freigab, in wel che man synthetische Nahrungspasten aus zahnpastaförmigen Tuben eingab. Getaktet strömten Menschen durch große Portale zur Arbeit, wurden vom Beton verschluckt und nach Arbeitsende ausgespuckt. Zwischenzeitlich waren die Straßen wie leer gefegt. Am Stadtrand traf er Demonstrantinnen, die sich in Anzügen für gleiche Löhne zwischen den Geschlechtern stark machten und auf weibliche Endungen im Sprachgebrauch pochten. Plakate zeigten Fußballerinnen, Boxerinnen und Bergsteigerinnen, die sich in schwindelerregenden Höhen bewegten.

Außerhalb der Stadt sah er Bauern bei der Arbeit: die Männer saßen auf den Traktoren und die Frauen liefen mit Rechen hinterher. Der Göttervater musste weit laufen, ehe er an ein Grundstück gelangte, wo eine Frau im Freien Wäsche aufhängte. Dort gab es einen Garten mit Obstbäumen und Gemüsebeeten. Blumen rankten sich am Zaun empor. Kinder spielten, tollten und kreischten. Hier empfand Zeus Liebe, menschliche Wärme, fand eine individuelle Handschrift. Sein Herz lachte auf. Er fühlte sich geborgen. Es roch nach Blüte, nach gekochten Speisen und nach frisch gewaschener Wäsche. Aber ach du Schreck, auf der Leine fanden sich nur BHs. Zeus hörte die Frau sagen: »Rudi, sag Eskalation!« und der kleine Junge von etwa drei Jahren sagte, als hätte er nie etwas anderes gesagt: »Eskalation!« Dann entdeckte sie den Fremden und fragte ihn, ob sie ihm den Weg weisen solle oder ob sie ihm sonst weiterhelfen könne. Zeus war in Verlegenheit, denn nun konnte er den BH nicht einfach nehmen. Also sagte er: »Ich habe ein Anliegen. Ich bräuchte dringend ein menschliches Kleidungsstück. Es wäre mir eine große Hilfe, dürfte ich einen BH mitnehmen.« Die einfache Bauersfrau antwortete: »Freilich bedienens Ihna.« Zeus war dankbar, dass die Frau keine weiteren Fragen stellte und zog des Weges. Und schon schalt die Frau: »Menschen sans unterwegs, des mogst net glaubn. Bei dem stimmt's a net, soll schaun, dass er fortkimmt. Des kimmt von der Emonzipotion. Da kriegans die Mannsbilder was an der Erbsen! Grausig und dann spült's die Stadt wie a Strandgut aufs Land aussi.«

Schließlich war es so weit, mit Hephaistos' Hilfe traf der Sisymat bei Sisypha ein: »So, du kannst nun deinen Weg gehen. Ich habe hier einen zuverlässigen Double. Aber die Menschen lassen wir in dem Glauben, dass immer noch Sisyphus höchstpersönlich seinen Fels rollt « betonte Zeus.

Er traute seinen Ohren nicht, als er den Sisymat bei der Arbeit sagen hörte: »Ich bin zwar vom schwachen Geschlecht, aber vollbringe die Arbeit, die die Männer nicht vollbringen.«

Den nächsten Automaten würde er mit einer Männerhose beleben, das stand fest.

Hephaistos aber warf ein: »Spielt es überhaupt noch eine Rolle, Sisyphus am Laufen zu halten? Der Mensch ist doch dabei, sich selbst zu kastrieren und zu enthaupten. Da braucht es weder Sisyphus, noch den Stein, noch die Götter.«

Zeus wurde aus seiner für ihn überraschenden Bewunderung für den Sisymat gerissen, hielt inne und fühlte einen Augenblick ein Donnergrollen und Beben in sich. Etwas Bewegendes entsprang in seinem Kopf: Im Lauf der Zeit hat sich die Polarität zwischen den Geschlechtern verschoben und damit hat sich das Spannungsfeld zwischen Mann und Frau geändert. Ursprünglich existierte ein klares Bild der Geschlechter mit eindeutigen Rollen. Zugunsten der scheinbaren Gleichberechtigung haben sich die Rollen aufgelöst. Aber ohne Weiblichkeit gibt es keine Männlichkeit und anders herum. Ich komme mir vor wie in einem Geschlechtsvakuum. In so einem Vakuum fehlt die Möglichkeit der Ausrichtung. Das mag sich in der Gesellschaft derzeit spiegeln. Das war sein Gedankengang, ehe er abwesend auf Hephaistos einging und ihm recht gab.

Zeus hörte noch die Worte des kleinen Rudi: »Eskalation!«

Nun war das Rad schon erfunden, also würde es sich auch drehen, dachte der Göttervater bei sich.

Auf dem richtigen Platz

Die Silhouette eines Berges mit einem kleinen Menschen, der einen riesigen Felsbrocken den Berg hinauf wälzte, war ein typisches Bild für Sisyphus. Am Abend sah es aus wie ein Scherenschnitt. Sisyphus und der Fels waren wie Rosen und Dornen: Beides war zusammengehörig. Sisyphus bot diese Silhouette auch dann noch, als er mit dem Fels in Zwiespalt lebte: »An welcher Stelle wäre es wohl am besten meine Arbeit zu beenden? Vielleicht sollte ich gar nicht losgehen? Oder sollte ich den Fels auf der Strecke entgleiten lassen? Wo genau? Ich könnte allerdings auch auf den Gipfel gelangen und den Fels dort liegen lassen! Denkbar wäre auch, dass ich den Felsbrocken über den Gipfel hinüberwälze und auf der anderen Seite hinabstoße.« Solche Gedanken begleiteten ihn bei der Arbeit. Er war mit dem Fels entzweit, hatte seinen Platz verloren, war suchend und unzufrieden mit seiner Situation. Was in seinem Inneren vor sich ging, gelangte nicht nach außen. Dort waren Sisyphus und der Fels eine Einheit und blieben es auch.

Aber wann genau war die Zeit reif für das Wagnis, sich vom Fels zu trennen. Es gab auch Zweifel: »Was wird geschehen, wenn ich meine Bahn verlasse?

Das Gewohnte aufzugeben verlangt auch Mut. Ich gehe dann in unbekanntes Terrain, verlasse etwas, das funktioniert hat. Finde ich wieder etwas, das funktioniert? Darf ich es überhaupt wagen oder ziehe ich Zorn auf mich?«

Sisyphus sah in der Natur und am Stein Hinweise, die ihm zu verraten schienen, dass es genug sei. Ein Stück vom Stein brach ab. Eine Schlange schien den Weg zu versperren. Ein Steinschlag hatte seinen Weg unpassierbar gemacht. Es war in der Mittagsglut auf der Mitte der Strecke, als Sisyphus mit einem eleganten Schritt zur Seite wich und einem Diener gleich, mit einer tiefen Verbeugung, den Stein der Schwerkraft folgen ließ. Er sah dem Stein nach, wie dieser springend frech zu lachen schien und andere Steine mit sich riss! Es war ein denkwürdiger Augenblick. In Sisyphus tanzte eine Freude allein deretwegen sich das Wagnis bereits gelohnt hatte. Aber was nun? Was sollte aus dieser Freiheit geboren werden? »Nun kann ich tun und lassen, was ich will!« frohlockte er. »Ich habe keine Zwänge und Verpflichtungen mehr! Endlich kann ich den Augenblick feiern, jene kostbare Einheit, die das Leben ausmacht, aber von mir ständig mit diesem elenden Stein überrollt wird!«

Sisyphus lebte von der Hand in den Mund, fing Fische und briet sie, lebte von gesammelten Beeren und Kräutern. Er trank Wein, aß Trauben und Orangen, lag in der Sonne. Esel zogen an ihm vorüber und kamen am Abend beladen zurück. Sie trugen Körbe voller Trauben, Orangen, Äpfel und Salat. Fischer fuhren hinaus und kamen zurück und boten ihren Fang zum Verkauf. Hirten trieben Ziegen und Schafe vorbei. In Tavernen wurde gesungen und gelacht.

Niemand fragte nach Sisyphus. Niemand wartete auf ihn. Das Meer warf seine Wellen an Land, aber kümmerte sich nicht um Sisyphus. Es duftete nach Zitronenblüte, aber der Duft schien den Bauern zu gehören und galt nicht Sisyphus. Die Grillen zirpten für die Einheimischen, nicht aber für den Fremden.

Ihn, der es gewohnt war, von früh bis spät schwer zu arbeiten, machte das Vagabundendasein nicht glücklich.

Er lebte in einer bunten Welt der Bewegung, stand aber als Zaungast und Randfigur im grauen und regungslosen Abseits und gehörte nicht dazu. Ein Mensch, dessen Herz nicht brannte, der nicht kämpfte, um ein Ziel zu erreichen, der nichts beherrschte, war eine tote Hülle, empfand Sisyphus. Seine Situation begann ihn zu lähmen. Er fühlte sich hilflos und nicht frei. Während er seinen Fels rollte, hatte er eine Bestimmung gehabt und um diese Bestimmung herum hatte er Eigenheiten gewoben und so seine Aufgabe zu etwas Besonderem gemacht. Was ließ ihn nun wachsen? Was bestätigte ihn? Was gab ihm Kraft? Im Gegenteil, er empfand die Trägheit als Gift, weil sie ihn gefangen nahm, einschläferte und faul machte. Je länger er sich so aufhielt, desto schwieriger war es, wieder in Bewegung zu kommen.

Sisyphus wollte seine Freiheit anders nutzen,

sonst würde er Sklave der Trägheit! Er versuchte sich als Hirte, aber das Stillstehen entsprach nicht seinem Naturell. Er fuhr hinaus aufs Meer mit den Fischern, aber das Warten bis zum Einholen der Netze erfüllte ihn mit Ungeduld. Er klinkte sich bei den Sportlern ein, aber empfand es als Humbug, sein Leben nach höher, weiter und schneller um jeden Preis auszurichten. Er verdingte sich als Bergführer, aber ihn nervte der Großteil an eventsüchtigen Menschen, für die er die Verantwortung übernahm. All diese Aktionen waren Ablenkungen, die ihn kurz beruhigten, aber den Kern seines Wesens gar nicht berührten. In Wirklichkeit sehnte er sich nach einer Meisterschaft im Stillen, wo er nach seinen Regeln kämpfte, ohne Publikum und ohne Trainer. Er wollte seinen Platz einnehmen, der ihn unverwechselbar machte. Er wollte Sisyphus sein. Ihm wurde bewusst, dass er zurück wollte, zurück zu seinem Fels, zu seiner Heimat. Er wollte dahin, wo er sich auskannte, dahin, wo der Wind für ihn blies, der Duft von Thymian und Salbei ihm gehörte, die Vögel für ihn sangen.

Er kehrte zurück zu seinem Fels und brach in Tränen aus, als er noch da war, sein oft begriffener Fels mit Ecken und Kanten. Wie hatte er sich so täuschen und alles, was ihn auszeichnete verleugnen können? Mit diesem Stein war er Sisyphus. Er hatte für sich erkannt, dass nicht immer der leichte Weg der richtige Weg ist. Ihm fiel es wie Schuppen von den Augen: »Du wirst gesehen, solange du eins mit dir bist. Du wirst übersehen, wenn du nicht weißt, wer du bist und damit auch keinen Platz einnimmst. Hast du aber einen Platz, dann sehen dich die Menschen auch dort, wenn du längst nicht mehr dort bist!«

Zwei Skelette im Sand

Jahrein, jahraus hatte er nicht ein einziges Mal an seiner Arbeit gezweifelt.
Nie hatte er daran gedacht, etwas anderes zu tun.
Nur heute wollte er sich mit seiner Tätigkeit nicht
anfreunden. Dieser Mensch nahm all seine Kräfte
zusammen. Seine Muskeln waren in starker Anspannung. Schweiß überströmte seinen Körper:
Heute schien alles fremd. Der Fels widerspenstig,
der Boden unter den Füßen gewährte keinen Halt,
sein Schweiß fröstelte ihn. Seit Stunden mühte und
plagte er sich, während er sonst kaum Anstrengung
verspürte.

Sisyphus lag in einem großen Kampf, einem Kran-
ken ähnlich, der die Krisis erreicht hat. Und mit dem
Erlahmen seiner körperlichen Kräfte wuchsen seine geistigen und schlichen sich auf einen Pfad, den
Sisyphus im entferntesten nicht gewagt hätte zu
gehen, solange sein Kräftehaushalt intakt war. Sein
Geist rebellierte: *Wie lange willst du noch diese
trostlose Arbeit verrichten? Deine Schuld ist mehr
als abgegolten. Ich rate dir: Lass den Stein Stein
sein, wende dich dem Leben zu!*

Nicht anders erging es Tantalus. Er saß angekettet
am Fuß des Berges, an dem sich Sisyphus abmüh-
te im Schatten von Obstbäumen an einer Quelle. Er
war Durstender und Hungernder. Sobald er Wasser

schöpfen wollte, wich es zurück und ebenso erging es Tantalus, wollte er nach Obst greifen. Er wusste nicht, war es schlimmer angekettet zu sein, oder durstend und hungernd. Seit Tagen versuchte er mit einem Stein, Obst vom Baum zu schießen. Seine Mühe war vergeblich. Um nicht einfach von seinem Schicksal aufgefressen zu werden, bearbeitete er mit dem Stein seine Kette. Er fühlte wie es sein würde, frei zu sein.

Da war Sisyphus seiner Erschöpfung erlegen und gestürzt, sein Stein polterte zu Tal und riss Geröll mit. Er sah ihm nach wie er Staub aufwirbelte und sich beschleunigte. Es war eine Erleichterung für ihn und er war sich sicher, dass er diesen Stein nicht mehr den Berg hinauf rollen würde.

Tantalus war gerade rechtzeitig zur Seite gesprungen. Sisyphus' Stein verschüttete die Quelle, an der er vor wenigen Minuten gesessen hatte.

Schicksalhaft, wie von Götterhand hatte sich durch den Steinschlag Tantalus' Kette gesprengt. Desorientiert stand er frei vor seiner verschütteten Quelle, als Sisyphus schwitzend vom Berg herab kam.

Die Blicke der beiden kreuzten sich und Sisyphus forderte Tantalus auf, mit ihm zu gehen. Sie hatten keine Orientierung, denn bis zu diesem Zeitpunkt hatten sie nicht ein einziges Mal ihre gewohnte Umgebung verlassen. Eines allerdings setzten sie sich in den Kopf: Sie *wollten* zur Küste. Als sie loszogen, peitschte Regen nieder und Donner grollte. Sie kamen durch schäbige Orte, wo viel geschlachtet wurde. In den Gossen war Blut. Fliegen tummelten sich überall. Es stank. Zwiespältige Gestalten lungerten auf den Straßen herum. Den Menschen war nicht zu trauen. Sie stahlen und mordeten. Insekten plagten die Wandernden. Zeitweise war es so heiß, dass es unmöglich war zu wandern. Die Suche nach Wasser begleitete sie täglich. Für Sisyphus wiederholte sich das mühselige Plagen. Aber es gab ein Ziel, das beide wie ein Schutzmantel umgab. Das Ziel bedeutete Umkehr. Aus sinnloser Qual und Arbeit sollte Sinnvolles geboren werden. Die Umkehr begründete sich allerdings im zielgerichteten Weitergehen.

Mit der Küste als Ziel vor Augen wanderten Tantalus und Sisyphus Tage, Wochen, Monate, Jahre... Schierer Wille trug sie durch alles hindurch und ließ sie alles ertragen.

Als sie die Küste erreichten, setzten sich Tantalus und Sisyphus zusammen auf eine Klippe und schwiegen. Das Meer war ganz still, der Mond warf eine Straße aus Licht aufs Wasser. Sie lauschten dem Geräusch der sanften Wellen, wie sie ans Ufer schlugen und das Wasser leise durch den Sand rieselte, während es sich zurückzog. Sie hörten, wie die Grillen zirpten und sie spürten den warmen Wind sanft durch die Haare streichen. Sie rochen Kräuter wie Salbei und Thymian. Das war ein guter Ort. Hier fühlten sich Sisyphus und Tantalus aufgehoben und willkommen. Erlöst und zufrieden begaben sie sich zur Ruhe.

Als sie sich am nächsten Morgen erhoben, hatte

das Meer zwei Skelette frei gespült. Sie lagen in rötlichen Ton gebettet, so gelagert, dass die Füße des einen beim Kopf des anderen weilten. Es mochten vielleicht Krieger gewesen sein. Sie lagen da als Zeichen in eine Landschaft gebettet, als Schrift, die gelesen werden konnte. Sie lagen ganz selbstverständlich unter Muscheln und Tonscherben, Seeigelgehäusen, Unrat und Müll. Sie machten gar nicht auf sich aufmerksam.

Einige Zeit später würden sie schon nicht mehr da sein, denn das Meer würde sie wieder fortspülen. Als Tantalus und Sisyphus ihre Blicke hoben, sahen sie große Felsquader von alten Ruinenmauern. Frech sprangen dort die Ziegen einer Herde herum, deren Hirte sich im Schatten eines Olivenbaumes ausruhte.

Beide durchzuckte ein Gedankenblitz: *Ab heute sind wir erlöst. Sisyphus und Tantalus sind Mythen geworden. Das wollte uns das Meer sagen, indem es die Skelette freigab.* »Ich bin jetzt Jorgos und werde zur See fahren, um zu fischen.« verkündete Sisyphus. »Und ich werde Antiquitäten restaurieren und verkaufen. Ich heiße von nun an Petros!« sprach Tantalus.

»Da wir unsere zugewiesenen Orte verlassen haben und die damit verbundene Aufgabe nicht mehr ausführen, geht ein Teil unseres Schicksals an die Menschen über.« stellten beide fest. »Die Menschen werden in ihren Herzen eine Sehnsucht tragen, die nicht zu sättigen ist. Diese Sehnsucht wird die Menschen zu Wanderern machen. Sie werden suchen und Erkenntnis gewinnen, aber die Sehn-

sucht wird immer sein.« So sprach der eben geborene Petros.

»Und die Tage der Menschen werden sich füllen
mit ständig sich wiederholenden Aufgaben.« So
sprach der eben geborene Jorgos.

Damit entwichen sie in ein normales Leben und
trugen Sisyphus und Tantalus in Würde mit sich.

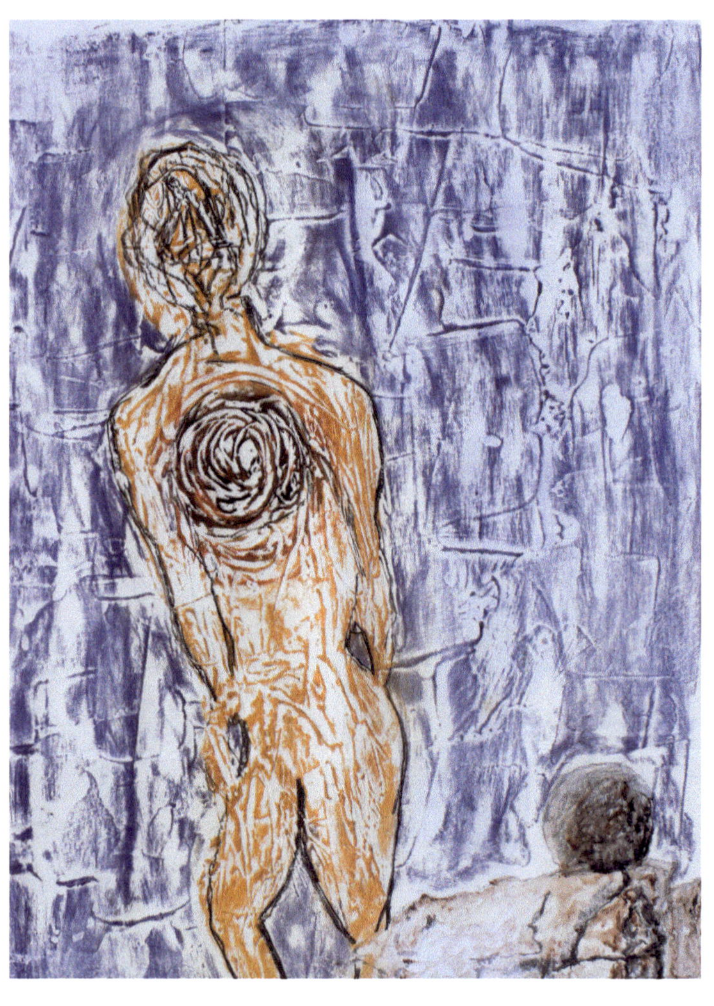

Das Flüstern des Steins

Anfänglich war er dem Stein ganz nah, schmiegte sich an ihn und berührte ihn mit den Wangen. Aber der Fels bewegte sich nicht. In voller Anspannung gab er alles, runzelte die Stirn, seine Halsschlagader quoll hervor, Schweiß perlte auf seiner Stirn, seine Muskeln begannen zu zittern. Mit voller Kraft lehnte er sich gegen den Fels, aber der bewegte sich nicht.

Je näher er ihm kam, beinahe mit ihm zu verschmelzen schien, desto weniger bewegte sich dieser. Je größer sein Unmut darüber wurde, dass er sein Ziel nicht erreichte, desto weniger konnte er den Fels bewegen, desto mehr wuchs seine Verzweiflung, die zu einer Welle anwuchs, die ihn niederschmetterte und in Ausweglosigkeit trieb.

Wie die Wellen brechen und an Strände schmettern, erging es Sisyphus mit seinem Versuch, den Stein vorwärts zu bewegen: Wieder und wieder durchlief er die gleichen Stadien über Anstrengung, die Verzweiflung hervorrief und Sisyphus niederrang.

Wieder und wieder setzte er an, nah und immer näher kam er dem Stein und war ihm doch nicht nahe genug. Nach langer Zeit und vielen misslungenen Versuchen, den Stein zu bewegen, geschah es, dass genau in der Lösungsphase vom Stein, als

sich Sisyphus vom Stein abwandte, dieser auf einmal folgende Intuition in ihm weckte: »Du musst
nichts erzwingen. Dein Körper kann diesen Stein
nicht bewegen, ehe dein Geist dich nicht sieht, wie
du den Stein rollst. Jede Anstrengung soll beseelt
werden. In jede Materie muss der Bewegende etwas hineinlegen, ehe etwas geboren werden kann.
Das heißt: frage dich, wie es dir möglich sein wird,
diesen Stein zu rollen. Du musst dich mit deinem
inneren Auge, diesen Stein rollen sehen. Wenn du
dieses Bild von der Möglichkeit hast, verliere den
Glaube daran nicht, vertraue!«

Tatsächlich stimmte sein Geist sich darauf ein und
Sisyphus sah und fühlte sich den Stein bewegen.
Manchmal gelang es ihm dann auch, den Stein vorwärts zu rollen. Doch ihm waren die Fortschritte zu
gering und die Abstände von Fortschritt zu Fortschritt zu lang. Verzweiflung breitete sich erneut in
ihm aus, bis er in die Knie ging und seinen Glauben
an sich verlor: »Wie soll es auch gehen? Es ist einfach nicht zu machen. Diesen Stein werde ich niemals diesen Berg hinaufwälzen! Ich bin nicht der
Richtige dafür!«

Er zweifelte seine Fähigkeiten an und war der
Meinung, er bräuchte fremde Hilfe, müsse Profis
um Rat und Unterstützung bitten. Er bat die Zyklopen um Hilfe. Sie kamen und lachten: »Für diesen
Stein brauchen wir nur fünf Prozent unserer Fähigkeiten!« Sie verspotteten ihn und warfen den Stein,
den Berg hinauf, als sei es ein Ball. Geholfen war
Sisyphus damit nicht, denn die Zyklopen waren völ-

lig anders gebaut als er. Er konnte von ihnen nichts lernen. Andere hingegen gaben kluge Ratschläge und brachten den Fels selbst nicht bewegt.

Es dauerte lange, ehe Sisyphus begriff, dass er alleine das Maß seiner Dinge war und selbst seinen Weg gehen musste und sich nicht davon abbringen lassen sollte, indem er sich von anderen erniedrigen ließ, die ihm Ratschläge gaben, die er nicht umsetzen konnte. Er begriff, dass er sich vor niemandem rechtfertigen musste und niemanden um Erlaubnis fragen musste. Es dauerte lange, bis er wieder zu seinem Stein fand und ihn flüstern machte.

Über den Abstand fand er wieder Nähe. Er hatte sich abstoßen müssen, um wieder Zugang zu finden. Jetzt wertete er die kleinsten Fortschritte positiv, gab nicht auf, daran zu glauben, dass er nun immer mehr Strecke bewältigen würde. So geschah es auch. In dieser Zeit wuchs mit dem Glaube an sich auch die Kraft. Wie die Wellen, die ihn anfänglich niederschmetterten, war es nun eine unglaubliche Kraft, die Sisyphus wieder und wieder stärkte, seinen Geist und seine Kraft weckte. Es ging stetig voran.

Wenn er jetzt die Wangen an den Stein legte, war es zärtlich und in Liebe, was den Stein flüstern ließ. So gelang Sisyphus sein Werk.

und Sisyphus scheitert weiter…